Gröls Verlage

„Bücher sind wie Fallschirme. Sie nützen uns nichts, wenn wir sie nicht öffnen."

Gröls Verlag

Redaktionelle Hinweise und Impressum

Das vorliegende Werk wurde zugunsten der Authentizität sehr zurückhaltend bearbeitet. So wurden etwa ursprüngliche Rechtschreibfehler regelmäßig *nicht* behoben, denn kleine Unvollkommenheiten machen das Buch – wie im Übrigen den Menschen – erst authentisch. Mitunter wurden jedoch zum Beispiel Absätze behutsam neu getrennt, um den Lesefluss zu erleichtern.

Um die Texte zu rekonstruieren, werden antiquarische Bücher von Lesegeräten gescannt und dann durch eine Software lesbar gemacht. Der so entstandene Text wird von Menschen gegengelesen und korrigiert – hierbei treten auch Fehler auf. Wenn Sie ebenfalls antiquarische Texte einreichen möchten, finden Sie weitere Informationen auf www.groels.de

Viel Freude bei der Lektüre wünscht Ihnen das Team des Gröls-Verlags.

Adressen

Verleger: Hermann-Josef Gröls,

Im Borngrund 26, 61440 Oberursel

Externer Dienstleister für Distribution & Herstellung:

BoD, In de Tarpen 42, 22848 Norderstedt

Unsere „Edition | Werke der Weltliteratur" hat den Anspruch, eine der größten und vollständigsten Sammlungen klassischer Literatur in deutscher Sprache zu werden. Nach und nach versammeln wir hier nicht nur die „üblichen Verdächtigen" von Goethe bis Schiller, sondern auch Kleinode der vergangenen Jahrhunderte, die – zu Unrecht – drohen, in Vergessenheit zu geraten. Wir kultivieren und kuratieren damit einen der wertvollsten Bereiche der abendländischen Kultur. Kleine Auswahl:

Francis Bacon • Neues Organon • **Balzac** • Glanz und Elend der Kurtisanen • **Joachim H. Campe** • Robinson der Jüngere • **Dante Alighieri** • Die Göttliche Komödie • **Daniel Defoe** • Robinson Crusoe • **Charles Dickens** • Oliver Twist • **Denis Diderot** • Jacques der Fatalist • **Fjodor Dostojewski** • Schuld und Sühne • **Arthur Conan Doyle** • Der Hund von Baskerville • **Marie von Ebner-Eschenbach** • Das Gemeindekind • **Elisabeth von Österreich** • Das Poetische Tagebuch • **Friedrich Engels** • Die Lage der arbeitenden Klasse • **Ludwig Feuerbach** • Das Wesen des Christentums • **Johann G. Fichte** • Reden an die deutsche Nation • **Fitzgerald** • Zärtlich ist die Nacht • **Flaubert** • Madame Bovary • **Gorch Fock** • Seefahrt ist not! • **Theodor Fontane** • Effi Briest • **Robert Musil** • Über die Dummheit • **Edgar Wallace** • Der Frosch mit der Maske • **Jakob Wassermann** • Der Fall Maurizius • **Oscar Wilde** • Das Bildnis des Dorian Grey • **Émile Zola** • Germinal • **Stefan Zweig** • Schachnovelle • **Hugo von Hofmannsthal** • Der Tor und der Tod • **Anton Tschechow** • Ein Heiratsantrag • **Arthur Schnitzler** • Reigen • **Friedrich Schiller** • Kabale und Liebe • **Nicolo Machiavelli** • Der Fürst • **Gotthold E. Lessing** • Nathan der Weise • **Augustinus** • Die Bekenntnisse des heiligen Augustinus • **Marcus Aurelius** • Selbstbetrachtungen • **Charles Baudelaire** • Die Blumen des Bösen • **Harriett Stowe** • Onkel Toms Hütte • **Walter Benjamin** • Deutsche Menschen • **Hugo Bettauer** • Die Stadt ohne Juden • **Lewis Caroll** • *und viele mehr….*

Inhalt

Amor und Psyche

Märchen von

Apulejus

Erstes Kapitel:

Psyches Verurteilung

Es war einmal in einer Stadt ein König und eine Königin; die hatten drei schöne Töchter. Zwar war auch der Liebreiz der beiden älteren gross, aber doch von Menschenart, so dass Menschenzungen sie noch zu preisen vermochten. Aber die Jüngste, die war so wunderschön, dass es schier unmöglich wäre, mit der Armut irdischer Sprache ein auch nur annäherndes Bild davon zu geben. So kamen denn gar viele Jünglinge von nah und fern herbei, neugierig gemacht durch die Erzählungen von dem Wunderwerk; ganz versunken in Staunen ob solch übermenschlicher Herrlichkeit beugten sie vor ihr, als wäre sie die Göttin Venus, zum Zeichen ihrer Adoration die Kniee.

Schon verbreitete sich durch die benachbarten Städte und Reiche die Kunde, dass die Göttin, die der dunkle Schoss der Meerestiefe geboren und der Tau der schäumenden Wogen genährt, jetzt das Anschauen ihrer Majestät in der Fülle ihrer Gnaden allgemein gewähre und inmitten der Menschen wandle; andre glaubten, dass, wie einst das Meer, so jetzt die Erde, von frischem Himmelstau befruchtet worden und ihrem Schoss eine neue Venus entstiegen sei, die jetzt in der

Pracht jungfräulicher Blüten prange. So verbreitete sich von Tag zu Tag ihr Ruf und wanderte über Land und Meer in weite Fernen. Schon wallfahrtete man sogar aus fremden Ländern und über des Oceans Pfade scharenweis zu diesem berühmten Wunder der Welt.

Keiner fuhr nach Paphos, keiner nach Knidos oder Kythera, um Venus die Göttin zu schauen. Unbesucht blieben die Feste der Himmelsfürstin, ohne Glanz ihre Tempel; verlassen ihre Pfühle, vernachlässigt die Opferbräuche; kein Kranz schmückte ihre Bildnisse und kalte Asche entweihte die verwaisten Altäre. Nur zu jenem Mädchen stiegen Gebete empor, ein Menschenantlitz wars, in dem man einer Göttin Majestät verehrte; wenn die Jungfrau morgens aus dem Hause trat, rief man Venus, die doch fern war, um Gnade an und veranstaltete Opfer mit Festschmäusen, und wenn sie durch die Strassen wandelte, streute man ihr Blumen und Kränze auf den Weg. Diese masslose Uebertragung himmlischer Ehren auf ein sterbliches Mädchen entfachte die wahre Venus zu grimmigem Zorn; voller Unwillen schüttelte sie ihr Haupt und sprach murrend so zu sich selber:

„Also ich, der Welt Urmutter, ich, der Elemente Uranfang, ich, des Erdkreises Herrin soll mit einer Sterblichen meine Hoheitsrechte teilen, meinen geheiligten Namen in den Staub der Erdenwelt treten lassen und abwarten, was bei der gemeinsamen Verehrung meine Stellvertreterin mir übrig lassen wird? als mein Ebenbild soll auf Erden wandeln dürfen ein dem Tod verfallenes Menschenkind? Umsonst wars also, dass mir Paris den Preis der Schönheit vor den beiden grossen Göttinnen zuerkannt und sein unparteiisches Urteil die Bestätigung des Götterkönigs erhalten hat? Doch nein: ihr solls nicht gut bekommen, meine Ehren sich angemasst zu haben: bald soll die unerlaubte Schönheit sie gereun!"

Sogleich rief sie ihren Sohn, den Flügelknaben, so einen rechten Tollkopf, der sich in seiner Ungezogenheit nichts aus der Polizeiordnung macht, sondern mit Fackeln und Pfeilen ungestraft bei Nacht durch fremde Häuser streicht, ein nichtsnutziger Störenfried des Familienglücks, überhaupt der richtige Thunichtgut. Diesen Ausbund von Sohn stachelte sie noch obendrein mit Worten auf, führte ihn zu der Stadt und zeigte ihm Psyche: so hiess die Prinzessin. Darauf erzählte sie ihm ausführlich von dieser ihrer Rivalin und sprach bebend vor Zorn: „Inständigst bitt' ich dich bei meiner Mutterliebe, bei deiner Pfeile wonniglichen Wunden, bei deiner Fackel süssem Brand: gewähre deiner Mutter Genugthuung, und zwar volle; schreite streng ein gegen die hochmütige Schönheit; lass sie vor allen Dingen in glühender Liebe zu einem Menschen entbrennen, den das Schicksal zu Schande und Armut verdammt hat, kurz zu einem so Elenden, dass seinesgleichen nicht auf dem ganzen Erdenrund zu finden sei."

Darauf herzte und küsste sie ihren Sohn lang und innig, und eilte zur nahen Küste des brandenden Meeres. Und siehe, eben erst hatten ihre rosigen Sohlen den Schaum der gekräuselten Wogen berührt, als sie sich auch schon auf dem trockenen Meeresspiegel niederlassen konnte; gleich war auch auf ihren blossen Wunsch, als wäre es längst befohlen gewesen, ihr Gefolge dienstbereit zur Stelle: die Nixen im Chor singend, der Hafengott mit seinen bläulichen Bartzotteln, des Oceans Gemahlin, den Schoss von Fischen schwer, und ihr kleiner Sohn, auf einem Delphine reitend; schon tummelten sich auf den Wogen die Scharen der Meertrabanten: sanft blies auf tönender Muschel der eine, ein anderer wehrte mit seidenem Schirm der feindlichen Glut der Sonne, ein dritter hielt einen Spiegel der Herrin vor Augen, andere zogen schwimmend zu zweit den Wagen.

So ward Venus auf ihrer Reise zum Ocean begleitet von ihrem Gefolge. Indessen hatte Psyche von all ihrer strahlenden Schönheit keinen Gewinn. Aller Augen ruhten auf ihr, aller Mund pries sie: aber niemand, kein König, kein

Prinz, nicht einmal ein Mann aus dem Volke kam mit dem Wunsch, sie zu freien. Sie bewunderten alle die Götterfigur, aber nur wie ein kunstreich gefertigtes Bildnis. Längst hatten sich die beiden älteren Schwestern, deren Schönheit nicht so gross war, dass sie deswegen ins Gerede der Menschen gekommen wären, mit Königen verlobt und glücklich verheiratet.

Aber Psyche sass einsam und allein als Jungfrau noch immer zu Hause, weinte bitterlich ob ihrer Verlassenheit – siech am Körper, wund am Herzen –, und hasste ihre Schönheit, die allen wohlgefiel. So kam ihr unglücklicher Vater auf die Vermutung, der Himmel grolle ihr, und befragte aus Furcht vor seinem Zorn das uralte Orakel des Gottes in Milet; mit Opfern und Gebeten erflehte er von dessen Majestät ein

Ehgemahl der ungeliebten Jungfrau. Darauf erhielt er ein Orakel, welches also lautete:

„König, stelle die Maid auf des Berges ragenden Gipfel,

Düsteren Schmuck des Grabs gieb ihr als bräutlich Gewand.

Nimmer erwarte, dir werde zum Eidam ein sterblich Gebor'ner:

Grausam ist er und wild, giftig, ein böser Gesell.

Hoch zu dem Aether schwebt er, das All sucht heim er mit Plagen,

Jegliches Wesen der Welt lähmt er mit Feuer und Schwert.

Jupiter selbst erzittert vor ihm, er schreckt die

Dämonen,

Furchtbar steigt er ins Meer und in die höllische

Nacht."

Mit diesem Prophetenspruch kehrte der einst so glückliche König voll Grams nach Hause zurück und enthüllte seiner Gemahlin den unseligen Bescheid des Orakels. Da ward ein Trauern und ein Jammern; das dauerte gar manchen Tag. Aber der unheilvolle Spruch drängte zur grausen Erfüllung: schon ward der ärmsten Jungfrau die Todeshochzeit gerüstet, schon schwälte das Licht der bräutlichen Fackel in schwarzem Aschenrusse; der Ton der Hochzeitsflöte ward umgestimmt zu wehmutsvollen Weisen; den Jubelgesang des bräutlichen Lieds schloss dumpfe Grabesklage; Thränen wischte die Braut sich ab mit ihrem Hochzeitsschleier. Der schwergeprüften Familie zollte wegen des Trauerfalls die ganze Bürgerschaft Beileid, und es ward befohlen, dass die Geschäfte ruhten, als wäre Landestrauer. Aber die Pflicht des Gehorsams gegenüber den göttlichen Geboten forderte, dass an der armen Psyche die verhängte Strafe vollzogen würde. So ward denn die Brautkammer des Todes in tiefster Trauer feierlich gerüstet, die ganze Stadt folgte wie bei einem Leichenbegängnis, und in Thränen schritt Psyche nicht zur Ehe, sondern zu ihrem Grabe.

Die tiefgebeugten Eltern zauderten vor dem Frevel, aber die Tochter selbst trieb sie an: „Was quält ihr armen greisen Eltern euch mit langem Weinen und trübt auch meiner Augen Glanz durch eure Thränen? was rauft ihr euer weisses Haar, schlagt eure Brust und Busen? Seht, das ist der Lohn, den ihr von meiner Schönheit habt: tödlich traf der Neid des Dämons euch: jetzt, da ihrs merkt, ists ach zu spät. Als die Völker der Erde mir göttliche Ehren erwiesen und mich einstimmig ›die neue Venus‹ nannten, da hättet ihr weinen sollen, da ging es zu Ende mit mir. Deutlich seh' ichs jetzt: mein Verhängnis war der Name ›Venus‹.

Führt mich hin, stellt mich auf den Fels, dem der Spruch mich weihte. Ich eile, die Hochzeit zu feiern, ich eile, den Gatten zu sehn. Wozu auch warten, wozu mich wehren wider den Unhold der ganzen Welt?“ Darauf mischte sie sich stumm und festen Schritts unter die Prozession des Volks. Der Zug nahm seinen Weg zu dem schroffen Felsgrat; dort ward die Jungfrau ausgesetzt. Die Hochzeitsfackeln, mit denen man ihr vorgeleuchtet hatte, wurden mit Thränen gelöscht und so an Ort und Stelle zurückgelassen. Darauf machten sich alle gesenkten Hauptes auf den Heimweg, das Mädchen blieb allein. Die armen Eltern schlossen sich, aus Gram über den Verlust der Tochter, in ihrer Wohnung ein und bargen sich in tiefe Finsternis. Psyche stand in bebender Angst auf der Felsenkuppe und weinte bitterlich.

Da kam mit säuselnden Lüften des Zephyrs sanfter Hauch, er kräuselte ihre Gewande und schwellte ihr Busenkleid; dann hob er sie mählich vom Boden und trug sie mit mildem Wehn am schroffen Abhang zu Thale; dort liess er sie leise gleiten und ruhen im Rasenschoss. Psyche machte es sich auf dem Pfühl der taufrischen Blumen und Gräser bequem und schlummerte nach solchen Aufregungen sanft ein. Durch reichlichen Schlaf erquickt erhob sie sich gefassten Sinns. Da sah sie einen Park von mächtigen Bäumen und genau in der Mitte des Parks eine krystallklare Quelle. Dicht bei dieser stand ein Schloss: das war nicht ein Werk von Menschenhänden, sondern von göttlicher Kunst. Man brauchte den Fuss bloss über seine Schwelle zu setzen, um zu erkennen, dass es in seiner Pracht und Lieblichkeit einen Gott beherberge.

Die hohe Plafondkuppel war mit Mahagoniholz und Elfenbein fein ausgelegt und von goldenen Säulen getragen, jede Wand bedeckt mit Ciselierarbeiten aus Silber: wilde und zahme Tiere waren von einer solchen Lebenswahrheit, wie sie nur von einem Zauberer oder vielmehr nur von einem Gotte erreicht werden konnte. Der marmorne Fussboden war in Streifen verschiedenartiger Gemälde aus kostbarem

Mosaik abgeteilt: selig und abermals selig die, deren Fuss stolzieren darf auf Edelsteinen und Perlen! Und dann die ganze weitere Zimmerflucht des Schlosses mit ihren unschätzbaren Kostbarkeiten! alle Wände waren aus massivem Gold: in diesem Hause wär' es Tag, auch wenn die Sonne nicht schiene: so funkelten Hallen, Schlafgemächer und selbst die Badestuben.

Auch die ganze Einrichtung entsprach der Majestät des Hauses: wahrlich nur dem Himmelskönig konnte für seinen Aufenthalt auf Erden ein solcher Sternpalast gefertigt sein. Es reizte Psyche, solche Wunder mehr aus der Nähe zu betrachten, schon getraute sie sich über die Schwelle zu treten und bald lockte die Neugier sie, all die Herrlichkeit im einzelnen genau zu betrachten. Auch die prächtigen

Magazine zu beiden Seiten des Hauses schaute sie sich an; die Kleinodien der ganzen Welt waren dort aufgespeichert. Aber das Wunderbarste war doch, dass kein Riegel oder Schloss und kein Wächter diese Herrlichkeiten hütete. Während sie nun dies alles mit grösstem Entzücken in Augenschein nahm, tönte eine geisterhafte Stimme an ihr Ohr: „Was staunest du, Herrin, ob der grossen Pracht? dein ist alles, was du siehst.

Drum zieh' dich zurück ins Schlafgemach, erquicke die matten Glieder und nimm ein Bad, wenn dirs beliebt. Wir, deren Stimmen du hörst, sind deine Zofen und werden dir ewig dienen, und, hast du gepflegt des Körpers, dann wartet deiner ein königlich Mahl." Als Psyche die Stimmen der Geister hörte, empfand sie, dass es gnädige Weisungen der göttlichen Vorsehung seien: so legte sie sich schlafen und nahm dann ein Bad. Völlig erquickt sah sie sogleich neben sich ein fertig gedecktes Tischlein: das sah so einladend aus, dass sie sich an ihm niederliess. Im Nu ward ihr mit Nektar und allerlei Gerichten aufgewartet; aber kein Diener war da: alle Schüsseln kamen, wie von den Winden getragen. Niemand war zu sehen, Worte nur hörte sie klingen, Stimmen nur waren die Diener.

Nach dem Göttermahl kam unsichtbar ein Geist herein und sang, ein anderer spielte auf unsichtbarer Leier. Dann tönte eine Symphonie von Stimmen an ihr Ohr: sie hörte nur die Harmonie, doch sah sie nicht den Chor. Dann nahm die Lust ein Ende, der Abend mahnte zur Ruhe, und Psyche legte sich schlafen. Schon war es tiefe Nacht, da tönte mild ein Klang zu ihrem Ohr. In ihrer grossen Einsamkeit begann die Jungfrau sich gar sehr zu fürchten, denn sie wusste nicht, was ihrer wartete. Doch schon war auch zur Stelle ihr unbekannter Geliebter, hatte das Lager bestiegen, mit Psyche sich vermählt, und war vor Morgengrauen auf und davon gegangen. Gleich waren in der Kammer die Stimmen bereit, der jungen Frau aufzuwarten. So ging das eine ganze Zeit lang: sie gewöhnte sich daher allmählich an das Neue und fand Vergnügen daran. Der Ton der geisterhaften Stimmen war ihr in ihrer Einsamkeit der einzige Trost.

Zweites Kapitel:

Die bösen Schwestern

Unterdessen härmten sich die Eltern unaufhörlich um ihre Tochter. Auch die älteren Schwestern hatten, da die Kunde des Geschehenen sich verbreitete, alles erfahren und waren in Trauerkleidern herbeigeeilt, um ihre Eltern zu sehen und zu trösten.

In derselben Nacht sprach der Geliebte – denn wenn sie ihn auch nicht sah, so konnte sie ihn doch hören und fühlen – so zu seiner Psyche: „Meine süsse Psyche, unheilvolle Gefahr droht dir vom bösen Schicksal: sei drum genau auf deiner Hut. Deine Schwestern glauben, du seist tot, und suchen in ihrer Verzweiflung deine Spur; bald kommen sie dort auf des Felsens Spitze. Sollten ihre Klagen dir zu Ohren dringen, antworte nicht, sieh überhaupt nicht aus; sonst wirst du mir gar tiefen Schmerz bereiten, dir selber Unheil und Verderben.“ Sie versprach nach dem Wunsch des Geliebten zu handeln.

Als der aber mit der Nacht verschwunden war, that die arme Kleine den ganzen Tag nichts als weinen und klagen: jetzt – so sagte sie zu sich selbst – sei es wirklich ganz und gar um sie geschehn; da sitze sie nun in ihrem paradiesischen Gefängnis, ohne mit einem Menschen sprechen zu können; ihre Schwestern trauerten um sie, aber sie dürfe sie nicht erlösen, ja nicht einmal sehen. Sie nahm nicht Bad noch Speise, und gönnte sich nicht Rast noch Ruhe: bitterlich weinend legte sie sich schlafen. Gleich war auch schon, etwas früher als sonst, der Geliebte zur Stelle; er umarmte sie in ihren Thränen und sprach vorwurfsvoll: „War das dein Versprechen, liebe Psyche? Wie kann ich mich nun fernerhin auf dich verlassen? Den ganzen Tag, die ganze Nacht, ja wenn du in meinen Armen ruhst, quälst du dich unaufhörlich. Nun meinetwegen denn, wie du willst: hör' auf des Herzens verderblichen Wunsch; nur denk an meinen wohlgemeinten Rat, wenn du zu spät bereust die That!"

Trotzdem quälte sie durch Bitten und durch die Drohung, sie werde sonst sterben, dem Geliebten die Gewährung ihres Wunsches ab, die Schwestern zu sehen, ihre Thränen zu stillen und mit ihnen zu plaudern. So gab er denn ihren Bitten nach und erlaubte ihr noch obendrein, ihnen Gold und Geschmeide nach Herzenslust zu schenken. Doch warnte er sie oft und ernstlich davor, sich durch ihre Schwestern zu der verhängnisvollen Frage nach seinem Aussehen bethören zu lassen: solche Neugier werde sonst all ihr Glück zerstören und nimmer werde sie dann wieder an seiner Brust ruhen. Sie dankte dem Geliebten und sprach froh: „Aber lieber hundertmal sterben als deine Liebe missen! Hab' ich dich doch, wer du auch seist, ganz furchtbar lieb, grad' wie mein eigenes Leben, mehr als wärst du Gott Amor.

Nur um dies Eine bitt' ich dich noch: befiehl deinem Diener Zephyrus, die Schwestern zu mir zu bringen, wie einst er mich hergetragen.“ Sie überhäufte ihn mit verführerischen Küssen, schmiegte sich eng an ihn und drängte ihn mit kosenden Schmeichelnamen „mein wonniger, sonniger Liebling, du süsser Engel deiner Psyche.“ Der Gewalt ihres holden Liebeflüsterns konnte er nicht länger widerstehen: so verbürgte er sich, wiewohl schweren Herzens, alles thun zu wollen. Beim nahenden Schimmer des Morgens entschwand er den Armen der Liebsten. Die Schwestern aber waren unterdessen auf den Felsen geeilt, wo, wie sie erfahren hatten, Psyche allein gelassen war. Dort weinten sie sich die Augen aus und schlugen sich die Brüste, dass es die Steine erbarmen konnte.

Sie riefen ihre arme Schwester so lange mit Namen, bis der Klageruf den Abhang hinab zu Psyche drang. Die eilte bestürzt aus dem Hause hervor. „Was härmt ihr euch, rief sie, umsonst mit jammerndem Ruf? da bin ich ja, die ihr betrauert. Drum trocknet eure Wangen, umarmt mich, statt mich zu bedauern.“ Dann rief sie den Zephyr und mahnte ihn an ihres Geliebten Auftrag. Er gehorchte unverzüglich und trug sie mit sanftem Wehen hinunter in sicherer Fahrt. Schon lagen sie sich in den Armen, schon herzten und küssten sie sich, schon lockte die Freude von neuem Ströme der Thränen hervor. „Nun aber, sagte sie, tretet froh in Haus und Hof, um euch nach all dem Gram mit eurer Schwester zu laben.“ Darauf zeigte sie ihnen die Schätze des güldenen Schlosses, liess sie die Stimmen der dienstbaren Geister hören und an einem wunderschönen Bad und den Leckereien des Zaubertisches sich ordentlich erquicken.

Von der überströmenden Fülle all dieser wahrhaft himmlischen Herrlichkeit gesättigt, begannen sie schon in ihres Herzens Tiefe den Neid zu nähren. Endlich fragte die eine von ihnen, um der Sache auf den Grund zu kommen, immer wieder und wieder, wem diese himmlischen Sachen gehörten, wer ihr Gatte sei und wie er aussähe. Aber sie verwahrte, eingedenk der Ermahnung, das Geheimnis treu in ihrer Brust und griff zu der Notlüge, es sei ein schöner Jüngling, dem eben der Flaum des Bartes leicht die Wangen beschatte; meist sei er auf der Jagd im Feld und im Gebirge. Aus Furcht aber, sie möchte sich, wenn die Unterhaltung so weiter fortginge, doch noch verraten, rief sie schnell den Zephyr und liess ihn sie entführen, mit Gold und Juwelen beschenkt.

Aber in den Herzen des Schwesternpaars schlug der glimmende Neid zu hellen Flammen empor, und ein gehässiges Wort gab das andere. „Da zeigt sich einmal wieder“ – begann die eine – „das blinde und ungerechte Walten des Schicksals: wir Schwestern stammen von gleichen Eltern, und so verschieden soll unser Los sein! Wir, die älteren, werden fremden Gatten wie Mägde ausgeliefert; fern von Vater und Mutter, weit von Haus und Heimat, leben im Elend wir: sie, die so viel jüngere, soll so reich sein dürfen, vermählt mit einem Gott! Versteht sie es doch nicht einmal, die Fülle der Güter zu nützen! Hast du, Schwester, alle die Pracht des Geschmeides gesehen, den Glanz der Gewänder, das Funkeln der Juwelen, das Gold, auf das man tritt?

Ist ihr Geliebter noch dazu so schön, wie sie behauptet, so ist sie die Glücklichste auf dieser weiten Welt. Wird ihr Verhältnis noch enger und wächst die Zärtlichkeit, so macht er sie noch zur Göttin. Ja, wahrhaftig, ganz so that sie, ganz so gab sie sich schon jetzt: schon blickte sie auf gen Himmel, gab sich einer Göttin Air, die Herrin von Geisterstimmen, die

Windeskönigin. Der Gatte dagegen, den ich Arme bekam, könnte an Jahren mein Vater sein, ein Kahlkopf wie ein Kürbis, ein Dummkopf wie nur irgend ein Junge; und das ganze Haus hält er fest zu hinter Schloss und Riegel."

Da fiel die andere ein: „Und nun erst mein Gatte! ein Gichtkrüppel, dem ich, statt dass er zärtlich zu mir ist, seine krummen und steifen Finger reiben muss; mit ekelhaften Umschlägen muss ich mir meine zarten Hände verbrennen; so bin ich ihm nicht mehr eine dienstwillige Gattin, sondern eine gewerbsmässige Krankenpflegerin. Du musst es selbst wissen, ob du das geduldig oder, grade heraus gesagt, wie eine Magd mit ansehn willst: ich meinerseits kann es nicht länger dulden, dass solcher Segen ihr in den Schoss fällt, die es nicht verdient. Denke doch nur daran, wie von oben herab, wie anmassend sie uns behandelte, wie sie prahlte und sich aufspielte und dadurch ihren Stolz verriet, wie sie von ihres Reichtums Fülle nur diese Kleinigkeiten widerwillig uns zuwarf, um sich dann schleunigst unserer lästigen Gegenwart zu entledigen und uns mit Schimpf und Schande an die Luft setzen zu lassen.

Aber ich müsste kein Weib sein, wenn ich sie nicht vom Gipfel ihres Glücks stürzte. Und da auch dich diese Beschimpfung gekränkt hat, so lass uns beide gehörig zu Rat gehen. Vor allem wollen wir diese Sachen hier nicht den Eltern oder irgend jemanden sonst zeigen und überhaupt uns von ihrem Wohlergehen nichts wissen machen. Grade genug, dass wir selbst ihr Glück sehen mussten: das fehlte noch, dass wir es den Eltern und aller Welt ausposaunten. Das möchte sie wohl, denn glaube mir: keiner fühlt sich glücklich, wenn nicht andere um seinen Reichtum wissen. Sie solls erfahren, dass wir nicht ihre Mägde, sondern ihre älteren Schwestern sind. Jetzt auf zu unseren Gatten, zu unserem bescheidenen, aber anständigen Heim, um dort lang und genau uns zu beraten und dann zurückzukehren mit dem festen Entschluss, ihren Hochmut zu bestrafen."

Am bösen Plan fand Wohlgefallen das böse Paar. Sie versteckten all die Geschenke, rauften in geheuchelter Trauer ihr Haar, und rissen so auch den erschreckten Eltern die Wunden wieder auf. Dann eilten sie wutschnaubend nach Hause, wo sie wider ihre schuldlose Schwester einen mörderischen Plan ausheckten. Unterdessen sprach der Unbekannte bei einem seiner nächtlichen Besuche mahnend also zu Psyche: „Merkst du nun, welche Gefahr dir vom Schicksal droht? Sieh dich darum ja vor, sie nicht noch näher herankommen zu lassen. Die Weibsbilder sind schon bei der Arbeit, dich in eine Falle zu locken: sie wollen dich bereden auszuforschen, wie ich aussehe; ich aber sagte dirs schon oft: siehst du mein Gesicht, so ists auf Nimmerwiedersehn.

Wenn die Hexen dir also mit ihren verderblichen Zauberkünsten zu Leibe rücken werden – und sie werden es – , so wäre es das beste, du sprächest überhaupt nicht mit ihnen; kannst du aber das in deiner Harmlosigkeit und Herzensgüte nicht über dich gewinnen, so stehe ihnen wenigstens dann, wenn sie von deinem Geliebten anfangen wollen, nicht Rede noch Antwort. Wisse nämlich: das Kind, das du in deinem jungen Schosse trägst, wird, wenn du treulich schweigst, ein Gott, wenn du verrätst, ein Erdenmensch.“ Wie strahlte Psyche bei der frohen Botschaft, welch ein Trost war ihr das Götterkind, der Liebe hohes Unterpfand, wie stolz war sie, dass sie bald Mutter heissen solle! Die Tage kamen und die Monde schwanden: Psyche zählte sie voll Bangen und staunte des wachsenden Segens in ihrem kindlichen Sinn.

Aber schon kamen übers Meer in heilloser Hast die höllischen Unholdinnen. Da nutzte der Unbekannte die Augenblicke, die er bei seiner Psyche weilte, zu dieser neuen Ermahnung: „Gekommen ist der letzte Tag, die Not am höchsten! Die eignen Blutsverwandten zogen als Feindinnen gegen dich aus, schon sind sie nah, schon ist ihr Dolch auf deine Brust gezückt. Weh, welch Unheil droht uns, mein geliebtes Leben! Erbarme dich dein und mein, halte fromm dein Gelübde und wehre dem dräuenden Unglück, das sonst das Haus, den Geliebten, dich mit dem Kleinen begräbt. Die Bösen – nenne sie nicht mehr Schwestern, seit sie dich tödlich hassen, die heiligsten Bande lösten –, sieh sie nicht an, höre sie nicht an, wenn sie wie Sirenen ihr Grabeslied dir singen hoch von dem Gipfel des Bergs.“

Psyche erwiderte ihm mit vor Thränen und Schluchzen stockender Stimme: „Schon lange, dächt' ich, erhieltest du Beweise meiner Treue und Verschwiegenheit; aber noch einmal will ich dir zeigen, wie starken Herzens ich bin. Befiehl nur unserem Zephyr, er sei mir wieder zu Diensten, und lass mir wenigstens den Anblick meiner Schwestern zum Ersatz dafür, dass ich dich in deiner Herrlichkeit nicht schauen darf. Bei deinen balsamischen Locken, die dir vom Haupte wallen, bei deinen mädchenhaft weichen Wangen, bei dem Feuer, das deine Brust durchglüht, und bei dem Kinde, in dem ich dereinst dein Antlitz zu schauen hoffe: lass dich durch mein inbrünstig frommes Flehen erweichen, mich süss wie einst zu umarmen, tröste deine Psyche, die sich dir hingegeben mit Seele und mit Leib.

Ich forsche ja auch gar nicht mehr nach deinem Antlitz, nicht stört mich mehr die Finsternis der Nacht: du bist mein Licht, dich halt' ich fest.“ Diese Worte und ihre weichen Küsse bezauberten den Geliebten: mit seinen Locken trocknete er ihre Thränen und versprach ihr Gewährung des Wunsches. Flugs war er davon vor dem Licht des jungen Tags. Das zum Verderben Psyches verbündete

Schwesternpaar eilte, ohne auch nur die Eltern zu besuchen, geradeswegs auf den Felsen. Sie warteten nicht einmal, bis der Wind, sie zu tragen, zur Stelle war: tollkühn sprangen sie in die Tiefe. Aber Zephyr gedachte, wenn auch nur widerwillig, des Gebotes seines Herrn: im Schosse der säuselnden Lüfte trug er sie nieder zur Erde.

Unverzüglich drangen die beiden falschen Schwestern ins Haus, umarmten ihr Opfer und sprachen mit kriecherischer Freundlichkeit auf dem Gesicht, die Herzen voll von Lug und Trug: „Psyche, unlängst noch ein Kind und bald schon Mutter! Nein, du glaubst nicht, wie wir uns mit deiner Hoffnung freuen! was für Jubel wird sich in unserm ganzen Hause erheben! wie selig werden wir sein, das goldige Knäblein pflegen zu dürfen! Wird es so schön wie seine

Eltern, wahrhaftig so wird's ein Amor.“ So eroberten sie sich durch falsche Zärtlichkeit allmählich das Herz der Schwester. Sie hiess sie sich sofort auf Polstern von der ermüdenden Reise ausruhen, durch ein warmes Bad sich erquicken, führte sie dann in den prachtvollen Speisesaal und liess sie sich gütlich thun an den himmlischen Delikatessen. Sie befahl ein Zitherkonzert: es ertönte; Flötenmusik: sie erhallte; Chorgesang: er erschallte.

Niemand war zu sehen, doch die süssen Weisen klangen bezaubernd ans Ohr. Aber nicht einmal diese himmlische Sphärenmusik erweichte den ruchlosen Sinn der Bösen: sie brachten, um Psyche in der Schlinge zu fangen, scheinbar harmlos das Gespräch darauf, wer und was ihr Geliebter sei und woher er stamme. Psyche hatte in der Einfalt ihres

Herzens ihre frühere Antwort schon vergessen, und so sagte sie denn mit einer neuen Notlüge, er sei ein Grosskaufmann aus dem Nachbarreiche, von mittleren Jahren und schon etwas grau.

Und ohne sich bei diesem Thema noch weiter aufzuhalten, überhäufte sie die Schwestern wieder mit reichen Geschenken und überwies sie dem luftigen Fahrzeug. Zephyr trug sie nach oben mit seinem milden Wehn. Auf dem Heimwege gab ein Wort das andere. „Was sollen wir, Schwester, zu dieser ungeheuerlichen Lüge der dummen Person sagen? Damals war es ein Jüngling, dem eben der Flaum erst sprosste; jetzt ist er in mittleren Jahren und grau am Haupt und Bart! Was ist das für ein Wesen, das binnen so kurzer Zeit zum Greis geworden ist? Es ist nicht anders, Schwester: entweder lügt das Frauenzimmer oder weiss selbst nicht, wie ihr Geliebter aussieht. Wie dem auch sei: sie darf nicht mehr lange in seinem Besitz bleiben.

Denn kennt sie sein Antlitz nicht, so ists ein Gott, dem sie vermählt, ein Götterkind, das sie gebiert. Sollte sie aber – ich will es nicht berufen – Mutter eines Götterknäblein heissen: wahrhaftig, gleich knüpfte ich mir eine Schlinge um den Hals. Nun lass uns ins Elternhaus zurückkehren, um dort unsern Trug weiterzuspinnen.“

Drittes Kapitel:

Der Sündenfall Psyches

Vor Aufregung begrüssten die Bösen nur widerwillig die Eltern, und jagten nach einer schlaflosen Nacht in aller Frühe auf den Berg. Der Wind war wieder zur Stelle, sie stürzten sich jählings hinab. Unter Thränen, die sie sich gewaltsam aus den Augen quälten, sprachen sie voll Tücke zu Psyche: „Ja, du kannst wohl sorglos und glücklich dasitzen, du ahnst ja nichts von der drohenden Gefahr; wir aber wachen und sorgen für dein Glück und ängstigen uns zu Tode um dein Geschick. Denn was wir als sicher verbürgt erfahren, dürfen wir, die wir Schmerz und Unglück mit dir teilen, nicht vor dir verhehlen. Ein furchtbarer Drache, mit vielgeknoteten Ringeln, giftgeschwollenem Halse und tiefgähnendem

Rachen ruht heimlich zur Nacht bei dir. Erinnere dich nur an Apollos Orakel: es sprach, du seist bestimmt zur Braut einem giftigen Tier. Viele Bauern und Jäger hier in der Gegend, die haben es gesehen, wenn es abends vom Frasse kam und in der nahen Furt badete. Und alle versichern, es werde dich nicht lange mehr schmeichlerisch füttern, sondern warte bloss darauf, bis das Kind ganz ausgetragen, um dann dich mit ihm zu verschlingen. Es ist nun deine Sache, hiernach zu erwägen, ob du auf deine für dein süsses Wohl besorgten Schwestern hören und mit uns fern von Gefahren leben oder dich im Bauche des grausen Tieres begraben lassen willst. Sollte dich aber die nur von Geisterstimmen belebte Einsamkeit dieser Villa und der heimliche Liebesgenuss in der Umarmung des giftigen Drachens mehr fesseln: nun, so haben wir treuen Schwestern das Unsrige doch gethan." Psyche, die arme Kleine, die Schwache und Herzensreine, ward bei der furchtbaren Mitteilung von Angst und Graus erfasst: sie vergass völlig die mahnenden Worte ihres Geliebten und ihr Versprechen, und stürzte sich tief ins Elend. Zitternd und leichenblass sprach sie mit stockender Stimme, halb nur die Lippen geöffnet, zu ihnen diese Worte: „Ihr guten Schwestern, die ihr mir wieder einmal einen Beweis eurer Liebe gebt!

Auch ich muss an die Wahrheit des Gerüchts glauben. Denn meines Geliebten Antlitz sah ich nie, noch weiss ich überhaupt, wer und woher er ist: nur seine Stimme höre ich bei Nacht, dem Tageslicht entzieht er sich. Ihr habt ganz recht: ein Tier muss es sein. Darum droht er mir auch, meine

Neugier, sein Gesicht zu sehen, werde mir schlecht bekommen. Könnt ihr daher eurer Schwester Hilfe in der Not bringen, so thut es, ehe es zu spät und eure ganze bisherige Fürsorge umsonst ist." Jetzt hatten sie gewonnenes Spiel und konnten vom versteckten zum offenen Angriff übergehen. „Da wir," sprach die eine, „als deine leiblichen Schwestern jeder Gefahr, wo es sich um dein Wohl handelt, gern ins Auge sehen wollen, so werden wir dir den Weg zeigen, der, wie wir nach reiflicher Überlegung fanden, einzig und allein zu deiner Rettung führt. Verbirg ein haarscharf geschliffenes Messer bei deinem Lager. Dann fülle ein hellbrennendes Lämpchen mit Öl und stelle es wohlversteckt in einen kleinen Topf. Wenn er dann seinen Drachenleib auf dem Lager wieder ausgestreckt hat und du merkst, dass er eben fest eingeschlafen ist, so lasse dich aus dem Bett gleiten, schleiche auf blossen Füssen ganz sachte zu dem Versteck der Lampe, und dann schnell zur That. Die Rechte zum Streich erhoben, triff mit des Messers Schneide den Hals des giftigen Drachen und trenne den Kopf vom Rumpf. An unserm Beistand soll es dir nicht fehlen, sondern sobald du dich durch seine Ermordung gerettet hast, werden wir dir sorgsam zur Hand sein, alle diese schönen Sachen hier schleunigst mit dir davontragen und dich mit einem Menschen nach deiner Wahl vermählen."

Nach diesen Worten liessen sie sich sogleich, aus Furcht, es könne ihnen, wenn sie in der Nähe blieben, schlimm ergehen, auf Windesflügeln wieder auf die Höhe des Berges tragen, machten sich schleunigst auf die Beine und fuhren zu

Schiff auf und davon. Als Psyche so ganz allein war – nur die bösen Geister ihres Innern waren bei ihr –, wogte ihre Brust vor Trauer wie des Meeres Brandung, und, so fest ihr Plan, so entschlossen ihr Sinn auch war, wurde sie doch, als sie ans Werk gehen wollte, schwankend: bald eilte sie zur Ausführung, bald schob sie diese wieder auf; Mut wechselte mit Angst, Verzweiflung mit Zorn, ja, was das Schlimmste war: dasselbe Wesen flösste ihr Entsetzen als Ungeheuer und Zuneigung als ihr Geliebter ein.

Als es aber auf die Nacht ging, rüstete sie hastig alles für die Frevelthat zu. Nun kam die Nacht und mit ihr der Geliebte, der nach der Umarmung seiner Psyche gleich in tiefen Schlaf sank. Diese, sonst ein schwaches und zaghaftes Weib, ward durch ihr böses Geschick stark und kühn wie ein Mann. Sie holte die Lampe und ergriff das Messer. Aber kaum hatte der Schein des Lichts das geheimnisvolle Lager beleuchtet, da sah sie – kein wildes Tier, nein, ein gar sanftes und süsses Wesen, den leibhaftigen Amor, den holden Gott in holdem Schlummer. Es strahlte selbst die Lampe heller, und die Schneide des Messers begann zu funkeln.

Psyche aber sank leichenblass und vor Schreck zitternd, wie ohnmächtig in die Kniee. Sie war schon im Begriff, sich das Messer selbst in die Brust zu stossen, doch entglitt es ihrer Hand. Endlich kam sie wieder zu sich selbst und stand nun versunken in die Schönheit des Göttcrantlitzes. Sie sah das üppige, von Ambrosia glänzende Haar des goldigen Hauptes, dessen Locken über die purpurnen Wangen und den schneeigen Nacken in zierlich gekräuselten Ringeln wallten,

An den Schultern des weichen und zarten Körpers schimmerten die Federn wie Tautropfen auf Blüten, und, obwohl die Schwingen ruhten, trieben die äussersten Flaumfederchen, unter seinen Atemzügen lieblich vibrierend, ein munteres Spiel. Venus durfte stolz auf einen so herrlichen Sohn sein.

An den Bettfüssen lagen Pfeile, Bogen und Köcher, des mächtigen Gottes holdselige Waffen. Psyche konnte sich gar nicht satt an dem Geliebten sehen und seine Waffen nicht genug bewundern und betasten; schliesslich nahm sie aus dem Köcher einen Pfeil, um dessen feine Spitze an ihrem Daumen ganz vorsichtig zu probieren. Aber da ihr Handgelenk noch immer zitterte, ging der Stich etwas zu tief, so dass ein Tröpflein ihres Purpurblutes durch die Haut rieselte. So kam's, dass sie, ohne es zu wissen und zu wollen, sich dem Gott der Liebe ganz zu eigen gab. Liebeglühend beugte sie sich über ihn und bedeckte ihn mit heissen, stürmischen Küssen, dass sie fürchtete, er werde davon erwachen. Während so ihre liebeswunde Brust in Seligkeit wallte, fiel von der verräterischen Lampe ein Tropfen siedendes Oel auf die rechte Schulter des Gottes.

Der sprang vor Schmerz empor; als er sah, wie schmählich sie ihr Wort gebrochen, flog er sofort, ohne ein Wort zu sagen, aus den Augen und Armen seiner trostlosen Geliebten davon. Aber Psyche umklammerte sogleich seinem rechten Fuss, um ihn so auf seinen Flug durch die Wolkenregionen zu begleiten; doch bald sank sie müde zu Boden nieder. Als der Gott die Geliebte so daliegen sah, konnte er es nicht über sich gewinnen, sie gleich zu verlassen: er flog auf eine nahe Cypresse und sprach zu ihr tiefbetrübt von deren hohem Wipfel: „Einfältige Psyche, trotz des Befehls meiner Mutter Venus, dich der Begierde eines Elenden aus der Hefe des Volks auszuliefern, bin ich zu dir auf Flügeln der Liebe gekommen.

Ein Thor war ich und ein schlechter Schütze, der ich mich selbst mit meinem Pfeile traf und dich zu meiner Geliebten erhob, auf dass du mir wie einem wilden Tier mein Haupt vom Rumpfe zu trennen suchtest, mein Haupt mit diesen Augen, die sich in dich verliebt! Wie oftmals hab' ich dich gewarnt, wie oft in Güte dich gemahnt! Doch deine schlechten Ratgeberinnen sollen mir sofort für ihre böse Lehre büssen; dich straf' ich nur mit meiner Flucht.“ Sprach's und schwang sich hoch gen Himmel. Psyche verfolgte, am Boden hingestreckt, unter lauten Klagen den Flug des Geliebten, so weit sie konnte. Als er ihr aber, von seinen Fittichen in unermessliche Fernen emporgetragen, unkenntlich geworden war, stürzte sie sich kopfüber in den nahen Strom.

Aber der Flussgott trug sie, aus Furcht, er werde sonst die Macht des Liebesgottes an sich selbst erfahren, ihm zu Ehren schleunigst in sanftem Wirbel auf eine Blumenwiese an seinem Ufer. Dort sass gerade Pan, der Hirtengott, in seinen Armen Echo, die Berggöttin, dic cr unterwies, Rufe aller Art im Wiederhall melodisch zurückzugeben; seine Zicklein hüpften frei umher ganz nahe am Ufer und rupften das saftige Gras der Weide. Der bocksfüssige Gott rief die zu

Tode betrübte Psyche, deren Unglück er kannte, freundlich zu sich und suchte sie mit mildem Zuspruch zu trösten: „Du allerliebstes Mädchen, freilich bin ich nur ein bäurischer Hirt, aber ein gar alter Mann und daher reich an Erfahrung. Nach deinem unstäten Gang, der Blässe deines Gesichts, deinem beständigen Seufzen und deinem traurigen Blick zu urteilen, leidest du an unglücklicher Liebe.

Nun höre, was ich dir sage: versuche nicht zum zweitenmal, dein Leben gewaltsam zu beendigen, und gräme dich nicht mehr, sondern bete zu dem mächtigen Amor, dessen Gnade du dir durch Schmeicheln und Gehorsam verdienen musst.“ Psyche erwies dem Hirtengott zum Dank für seine huldreichen Worte stumm die schuldige Verehrung, und ging dann ihres Weges. So schleppte sie sich ziellos ein gutes

Stück weiter. Endlich kam sie, als es schon dunkel wurde, auf einem Fusssteig, ohne es zu wissen, zu der Stadt, wo der Gemahl einer ihrer Schwestern König war. Da liess sie sich bei ihrer Schwester melden und wurde gleich vorgelassen. Sie begrüssten und umarmten sich; dann antwortete Psyche auf die Frage nach dem Grund ihres Kommens: „Du erinnerst dich an euern Rat, das Tier, das sich für meinen Geliebten ausgab und neben mir ruhte, mit einem scharfen Messer zu töten, bevor es mich Arme gierig verschlänge.

Aber kaum hatte ich ihm mit der Lampe ins Gesicht geleuchtet, als ich ein Wunder gewahrte, ein wahres Götterschauspiel: es war Amor, der leibhaftige Sohn der Venus, der da in holdem Schlummer lag. Während mich der Anblick solcher Herrlichkeit erschauern machte, wollte es der böse Zufall, dass von der Lampe ein Tropfen siedendes Öl auf seine Schulter fiel. Vor Schmerz fuhr er aus dem Schlaf empor und sah mich mit dem Licht und dem Messer vor sich stehn. ›Hebe dich, sprach er, zum Lohn für solche Unthat sofort hinweg von meinem Lager und gehe deiner Wege; ich aber werde mich gleich mit deiner Schwester – dabei nannte er deinen Namen – in allen Formen Rechtens vermählen.‹ Dann rief er sofort den Zephyr, der mich von dannen trug.“

Psyche hatte noch nicht ausgeredet, als jene, von wilder Begierde und Eifersucht getrieben, sofort ein Schiff bestieg, nachdem sie ihrem Gatten vorgelogen, sie habe die Kunde vom Tode ihres Vaters erhalten. Bei dem Felsen angekommen, achtete sie, von Erwartung und Gier verblendet, gar nicht darauf, dass Zephyr nicht zur Stelle war, sondern mit den Worten „nimm mich, Amor, hin, als deiner würdige Gattin; fang' deine Herrin, Zephyr, auf", sprang sie in die Tiefe. Aber sie sollte ihr Ziel nicht einmal tot erreichen: die Zacken des Felsens zerschmetterten ihre Glieder, so kam sie um, die Böse, den Vögeln und Tieren zum Frass.

Der ersten Strafe folgte die zweite auf den Fuss. Denn Psyche kam auf ihrer Irrfahrt auch in die Stadt, in der ihre zweite Schwester wohnte. Auch diese liess sich täuschen und kam auf dieselbe Weise elendiglich um.

Viertes Kapitel:

Venus und Amor

Während so Psyche auf der Suche nach Amor von Land zu Land wanderte, lag dieser mit seiner Brandwunde stöhnend im Boudoir seiner Mutter. Da tauchte die schneeweisse Möve, die über den Meeren schwebt, in die Tiefe des Oceans unter, wo Venus im Bade schwamm.

Ihr meldete der Vogel, dass ihr Sohn an einer schmerzhaften Brandwunde daniederliege und dass sie mit ihrer ganzen Familie in das böse Gerede der Menschen auf der ganzen Welt komme. „Dein Sohn, murren sie, buhle mit einem Liebchen im Gebirge, du seist fern im Ocean, und in eurer Abwesenheit gäbe es nicht Lust noch Liebe, keine Freundschaften, keine Ehegemeinschaften und keine

Kinderfreuden; das ganze Leben habe seinen Reiz und seine Grazie verloren und nur hässliche Orgien fänden statt." Diese Worte plapperte der vorwitzige Vogel der Venus ins Ohr, um ihren Sohn bei ihr anzuschwärzen. „Also – rief sie erregt aus – hat mein braver Sohn schon ein Liebchen? Nenne mir, einzig treue Dienerin, den Namen der Verführerin des anständigen, kaum den Kinderschuhen entwachsenen Knaben, sei's eine Nixe oder Elfe, sei's eine von meinen Huldinnen oder eine vom Musenchor."

„Das weiss ich nicht, Herrin – sprach der plauderhafte Vogel –; sie heisst aber, wenn ich den Namen richtig behalten habe, Psyche, und er ist, glaub' ich, in sie bis über die Ohren verliebt." „Ist's möglich – rief Venus empört –, in Psyche, meiner Schönheit und meines Namens Nebenbuhlerin, hat sich das Bürschchen verliebt? Er muss mich also für eine Kupplerin gehalten und geglaubt haben, dass ich ihm die Dirne zu dem Zweck zeigte, um seine Bekanntschaft mit ihr zu vermitteln!“ Mit diesen Scheltworten tauchte sie schnell aus dem Meere empor und eilte gradeswegs in ihr güldnes Schlafzimmer, wo sie wirklich ihren Sohn krank liegend fand. „Das passt ja – rief sie schon in der Thür laut scheltend – recht nett zu deiner Herkunft und zu deiner Artigkeit!

Nicht genug, dass du meine, deiner Mutter und Herrin, Befehle mit Füssen tratest und meine Feindin nicht durch eine Ehe mit einem gemeinen Menschen straftest: nein, du Ausbund, du unreifer Junge, hast sie selbst in deine Arme genommen! Ich soll mir wohl meine Feindin als Schwiegertochter gefallen lassen? Du bildest dir wohl ein, du

Hanswind, du Mädchenverführer, du ungezogener Knabe, du seist allein der Prinz und ich zu alt, um Mutter eines zweiten werden zu können? So wisse denn, dass ich einen weit besseren Bruder an deine Stelle treten lassen werde. Doch nein: das wäre nicht genug des Schimpfs für dich. Ich werde einen meiner Pagen adoptieren und ihm diese Flügel, Fackeln, Bogen und Pfeile, kurz, mein ganzes Gerät schenken, das ich und dein Vater dir wahrlich nicht dazu gegeben hatten, dass du dich so damit aufführtest.

Aber du bist von Kindheit an missraten gewesen: dir prickelte es oft in den Fingern, unehrerbietigerweise deine Eltern zu verwunden, ja mich, deine liebreiche Mutter, misshandelst du täglich, denn du hast vor mir, als einer alleinstehenden Frau, ganz und gar keinen Respekt und selbst vor deinem Stiefvater, dem gewaltigen Kriegsmann, bist du nicht bange; wie solltest du auch wohl? pflegst du ihm doch, mir zum Verdruss, mit Dirnen aufzuwarten. Aber warte nur, bald sollst du dein Spiel bereuen und die Bitternis deiner Liebelei zu schmecken bekommen! – Wenn ich nur erst wüsste, durch welche Mittel und Wege ich dem Spitzbuben, der mich zum besten gehabt hat, das Handwerk legen könnte!

Soll ich meine ärgste Feindin Mässigkeit zu Hilfe rufen, sie, die ich grade dank dieses übermütigen Knaben so oft beleidigt habe? Nein, mir graut davor, mich persönlich an die unfeine Person zu wenden. Und doch: Rache ist süss, und da gilt's nicht wählerisch in den Mitteln zu sein; sie und keine andere muss mir dabei helfen, den Taugenichts zu züchtigen, ihm seine Waffen zu rauben und ihn am eignen Leibe einer energischer Kur zu unterziehen. Erst dann will ich den mir zugefügten Schimpf als gesühnt ansehen, wenn sie ihm die Locken geschoren hat, die ich oft streichelte, dass sie goldig schimmerten, und wenn sie ihm die Flügel gestutzt hat, die ich ihm auf meinem Schosse oft mit balsamischem Nektar beträufelte.“ Nach diesen Worten stürzte sie hinaus, Hass und Groll im Herzen.

Da begegneten ihr Ceres und Juno. Als diese den Zorn in ihren Mienen sahen, fragten sie, warum sie mit ihren holdseligen Augen so finster dreinschaue. Doch Venus erwiderte: „Ihr kommt mir grade recht, um mir in meiner Erregung eine Gefälligkeit zu erweisen. Helft mir, bitte, nach Kräften bei der Suche nach der entlaufenen Psyche. Ihr wisst ja um den Familienskandal, den mein sauberer Sohn angerichtet hat.“ Jene waren natürlich von allem unterrichtet, versuchten aber doch, ihren Zorn zu besänftigen. „Ist's denn wirklich etwas so Schlimmes, Verehrteste, was dein Sohn verbrochen hat, dass du seinen Vergnügungen hartnäckig in den Weg treten und auf den Tod seiner Geliebten sinnen müsstest?

War es denn in aller Welt ein Verbrechen, dass er ein Auge auf das hübsche Mädchen geworfen hat? Du vergisst doch nicht, dass er ein junger Bursche in der Blüte seiner Jahre ist? oder glaubst du etwa, weil er für sein Alter noch so niedlich aussieht, er sei noch ein Knabe? Du, seine Mutter und eine so verständige Frau, willst noch immer auskundschaften, womit dein Sohn sich amüsiert, ihm seine Liebesabenteuer unter Scheltworten untersagen und deine eignen galanten Künste einem so schönen Sohne zum Vorwurf machen? Götter und Menschen werden Einspruch dagegen erheben, dass du, die du die Saat der Leidenschaften über die ganze Welt ausstreuest, durch so strenge Behandlung deines Amor ihnen die Möglichkeit rauben willst, sich den Freuden der Liebe hinzugeben.“

So nahmen sie aus Gefälligkeit die Partei Amors und schmeichelten ihm aus Furcht, er möchte sich sonst an ihnen mit seinen Pfeilen rächen. Venus aber war empört, dass man sie bei dem ihr geschehenen Unrecht noch zum besten habe: sie kehrte ihnen den Rücken und eilte in die Tiefe des Oceans.

Fünftes Kapitel:

Die Wanderungen Psyches

Unterdessen irrte Psyche ohne Ruhe und Rast umher, Tag und Nacht auf der Suche nach dem Geliebten, fest entschlossen, sei's durch schmeichelnde Liebkosungen, sei's durch demütige Bitten seine Verzeihung zu gewinnen. Da sah sie von fern einen Tempel auf ragender Bergspitze: „Wer weiss, sprach sie zu sich selbst, ob da nicht mein Herr und Gebieter weilt.“

Flugs lenkte sie dorthin ihren todmüden Schritt, den Hoffnung und Sehnsucht beschwingten. Sie arbeitete sich den steilen Abhang tapfer hinan und trat ins Allerheiligste. Da sah sie Weizen- und Gerstenähren teils in Haufen, teils zu

Kränzen gewunden. Auch Sicheln waren da und allerlei sonstige Erntegeräte, aber alles lag unordentlich durcheinander, wie die Arbeiter es in der Mittagshitze grade aus den Händen geworfen hatten. Psyche legte alles sorgfältig auseinander und ordnete das Zusammengehörige; denn sie glaubte keiner Götter Heiligtümer und Kulte vernachlässigen, sondern ihrer aller Gnade und Barmherzigkeit in Demut erflehen zu sollen.

In diese Arbeit vertieft, traf Ceres sie, die gnadenreiche Göttin, und rief ihr schon aus der Ferne zu: „Ist's möglich, arme Psyche? Venus verfolgt deine Spur über die ganze Erde und wendet all ihre Kraft daran, sich an dir grimmig zu rächen, und du mühst dich in meinem Dienst und denkst an etwas andres als an deine Sicherheit?“ Da warf sich Psyche vor ihr auf die Kniee, dass ihre strömenden Zähren die Füsse der Göttin netzten und ihr Haar den Staub am Boden kehrte. So betete sie inständigst um Gnade: „Bei deiner früchtereichen Hand fleh' ich zu dir und bei den frohen Erntefeiern dir zu Ehren, bei der Mysterien heiligem Symbol und bei den Flügeldrachen, die dir dienen, und bei Siciliens segensschweren Furchen, beim Raub Proserpinas, mit der als seinem Weibe der Fürst der Finsternis zum Hades niederfuhr, bei ihrer Lösung von dem Bann der Tiefe durch deiner Fackel Licht, bei allem, was Eleusis sonst noch deckt mit heiligem Schweigen: o hilf der armen Seele, die hier in Demut vor dir kniet!

Lass mich zwischen diesen Haufen von Aehren ein Versteck, wenn auch nur für ein paar Tage, finden, bis der

Zorn der grossen Göttin sich gelegt oder doch meine von der langen Mühsal erschöpften Kräfte sich wieder gesammelt haben." Ihr erwiderte Ceres: „Zwar rühren deine Thränen und Bitten mir das Herz und gern würde ich dir helfen; aber damit erwiese ich meiner lieben alten Freundin und Verwandten einen schlechten Dienst.

Entferne dich daher sogleich aus diesem Tempel, und sei zufrieden, dass ich dich nicht festhalte und gefangen setze." So nahm Psyche, wider ihre Hoffnung abgewiesen, doppelt traurig ihren Weg wieder auf. Da sah sie tief im Thal durch die Lichtung eines Hains einen anderen, kunstreich gebauten Tempel. Entschlossen, kein noch so ungewisses Mittel zu ihrer Rettung unversucht zu lassen, sondern jeglichen Gott um Gnade anzugehen, nahte sie sich der heiligen Pforte. An den Zweigen der Bäume und an den Thürpfosten sah sie kostbare Geschenke und Gewänder aufgehängt, deren goldgestickte Inschriften verkündeten, welcher Göttin und zum Dank wofür sie geweiht waren.

Da sank sie in die Kniee, trocknete sich die Thränen und sprach, den noch lauen Altar berührend, dies Gebet: „Des Himmelsvaters Schwester und Gemahlin, magst du im alten Heiligtum von Samos weilen, das dich zu schau'n begnadet ward, als du geboren wurdest, in den Windeln lagst und an der Mutterbrust; magst du auf deinem Sternensitze thronen, den dir Karthago einst geweiht, als dich, die Himmelsjungfrau, von der Burg der Stadt ein Löwenwagen zu den Sternen trug; magst du an Inachus' Gestade, das dich als Himmelskönigin, des grossen Donnerers Gattin, kennt, in

Argos' sangberühmten Burgen walten; du Hehre, die das ganze Morgenland als Ehestifterin verehrt, das Abendland als Göttin der Geburten: erweise dich auch mir in meiner Angst als Heiland, Juno; erbarme dich, du gnadenreiche Helferin der Frau'n in ihrer schweren Not, auch meiner, und lass mich Müde Ruhe finden nach soviel Not und Qual.“

Auf dieses Gebet erschien ihr sogleich Juno in ihrer vollen Himmelsmajestät: „Wie gerne, sprach sie, würde ich mein Haupt zu deinem Flehen neigen! Aber Venus ist meine Schwiegertochter, die ich stets wie eine eigne Tochter liebte, und aus Rücksicht auf sie darf ich dir, ihrer entlaufenen Sklavin, ohne ihre Genehmigung nicht helfen.“ So erlitt auch diese Hoffnung Psyches Schiffbruch. Ganz verängstigt und ausser stande, ihres geflügelten Geliebten habhaft zu werden, ging sie in ihrer Verzweiflung mit ihren eignen Gedanken zu Rate. „Welche Hilfe könnte ich in meinem Leid jetzt wohl noch suchen oder finden, wo nicht einmal Göttinnen, obwohl sie es gern gethan hätten, sich für mich verwenden konnten?

Unter welchem Dach soll ich mich im Dunkel verstecken, um der grossen Venus allsehenden Augen und ihren Schlingen mich zu entziehen? Sei mutig und tapfer, Psyche; stelle dich, da der letzte Hoffnungsschimmer schwand, freiwillig deiner Herrin und suche mit demütigem Sinn noch jetzt ihren grimmigen Zorn zu besänftigen!

Wer weiss, vielleicht findest du auch den lang Gesuchten im Haus seiner Mutter wieder!“ So ging sie, entschlossen sich zu unterwerfen, mit sehenden Augen in ihr Verderben, und überlegte, mit welchen Worten sie ihre Bitte um Gnade beginnen solle.

Sechstes Kapitel:

Psyches Prüfungen

Venus aber war es müde geworden, die Nachforschung mit irdischen Mitteln zu betreiben. So liess sie sich, um gen Himmel zu fahren, den güldenen Wagen schirren, ein Hochzeitsgeschenk Vulkans, von feinster Arbeit und kostbarster Politur. Aus der grossen Schar von Tauben, die um das Schlafgemach der Herrin nisteten, kamen vier weisse herstolziert und spannten sich, die gesprenkelten Hälse hin- und herdrehend, willig an den edelsteinbesetzten Wagen. Als die Herrin eingestiegen, flogen sie froh in die Lüfte.

Mutwillige Spatzen gaben laut zwitschernd dem Wagen Geleit, Singvögel verkündeten das Nahen der Göttin mit Jubelgesang, ohne Furcht vor gierigen Falken und Adlern der Luft.

Es wichen die Wolken, der Himmel erschloss seiner Tochter die Pforten, frohlockend empfing sie der Aether. Sofort eilte sie zum Palast Jupiters und heischte von ihm den Dienst Merkurs, des redegewandten Gottes, dessen sie für ihre Zwecke dringend bedürfe. Mit dunkler Braue nickte der König Gewährung.

Gleich schwebte sie in Begleitung Merkurs frohlockend vom Himmel hernieder. „Mein lieber Bruder aus Arkadien," sprach sie auf ihn ein, „deine Schwester Venus hat, wie du weisst, ohne deinen Beistand nie etwas vollbracht. Nun ist dir zweifellos bekannt, dass ich schon lange vergeblich nach meiner Magd suche, die sich versteckt hält. Es bleibt mir also nichts übrig, als einen Preis für ihre Auffindung auszusetzen und den sollst du durch öffentlichen Heroldsruf bekannt machen. Thu' also schnell, wie dir befohlen; vergiss auch ja nicht, die Merkmale, an denen sie zu erkennen ist, genau zu bezeichnen, damit keiner, der sie unerlaubterweise versteckt hält, Unkenntnis vorschützen kann."

Mit diesen Worten überreichte sie ihm einen Steckbrief auf den Namen der Psyche etc. und kehrte nach Hause zurück. Merkur eilte gehorsam durch die Völker der Erde und rief überall laut aus: „Bekanntmachung. Wenn einer einfangen oder im Versteck aufzeigen kann die Prinzessin, die entlaufene Magd der Venus, Psyche mit Namen, soll er es bei der Venuskapelle am Circus dem Herold Merkur vermelden. Belohnung: sieben Küsse von dem Honigmund der Venus und einen extra süssen als Zugabe.“ Auf diese Bekanntmachung hin brannten alle, sich solchen Preis zu verdienen. Das liess Psyche, die ja ohnehin entschlossen war, sich zu melden, nicht länger zaudern.

An der Thür ihrer Herrin traf sie eine Dienerin aus dem Gesinde der Venus, ›Liebesgemeinschaft‹ mit Namen. Die schrie gleich aus Leibeskräften: „Endlich, du Taugenichts von Magd, fängst du an zu begreifen, dass du eine Herrin hast? Oder willst du dich, unverschämt wie du bist, etwa stellen, als wüsstest du nicht, wie wir uns auf der Suche nach dir haben plagen müssen? Nur schön, dass du grade mir unter die Finger gekommen bist, denn das ist so gut, als hätten sich die Pforten der Hölle hinter dir geschlossen: lang wirds nicht mehr dauern, dass du gepeinigt wirst für deinen Trotz!" Dabei fuhr sie ihr dreist ins Haar und zog sie, ohne dass Psyche Widerstand zu leisten suchte, hinein. Kaum sah Venus sie vor sich geführt, als sie schadenfroh auflachte; dann brach sie mit zornigen Gebärden in die Worte aus: „Endlich hast du dich herabgelassen, deine Schwiegermutter zu begrüssen?

Oder bist du etwa gekommen, um deinem Liebsten, der von dir verwundet ward und daniederliegt, einen Krankenbesuch abzustatten? Doch sei nur ruhig: du sollst es bei mir haben, wie es eine gute Schwiegertochter verdient. Heda, Sorge und Trauer!" Diesen ihren Mägden überwies Venus sie zur Folterung. Die peitschten die Aermste, wie ihnen befohlen, und folterten sie bis zur Erschöpfung. In diesem Zustand führten sie sie der Gebieterin wieder vor. „Sieh da," sprach diese abermals hohnlachend, „nun sucht sie mich zu rühren, indem sie auf das Kind zeigt, das sie unter dem Herzen trägt und mit dem sie mich zur seligen Grossmutter machen will. Welch ein Glück, dass ich in der Blüte meiner Jahre Grossmutter werden und der Sohn einer niederen Magd mein Enkel heissen soll!

Doch wie thöricht, ihn überhaupt deinen Sohn zu nennen: eine ungleiche Ehe, die noch dazu in einem Landhaus ohne Zeugen und ohne Einwilligung des Vaters geschlossen ist, kann nicht als legitim angesehen werden; folglich wird dein Kind als Bastard zur Welt kommen." Mit diesen Worten fuhr sie auf sie los und ohrfeigte sie. Dann liess sie sich Samen von

Weizen, Gerste, Hirse, Mohn, Erbsen, Linsen und Bohnen bringen, mischte alles bunt durcheinander zu einem Haufen und sprach zu ihr: „Eine so hässliche Magd wie du kann, dünkt mich, sich Buhlen nur durch Dienstbeflissenheit verschaffen; so will denn auch ich deine Tüchtigkeit einmal probieren. Lies mir dies bunte Gemenge von Samenkörnern auseinander und ordne sie alle hübsch für sich in gesonderten Häufchen.

Noch vor Abend muss die Arbeit gethan und mir fertig abgeliefert sein!" Darauf begab sie sich auf eine Hochzeitsgesellschaft. Psyche stand, sprachlos vor Entsetzen über diesen ungeheuerlichen Auftrag, ohne eine Hand zu rühren vor dem unentwirrbaren Haufen der Samenkörner. Da wurde eine Feldameise, die sich bei all ihrer Winzigkeit doch auf so schwere Arbeit verstand, von Mitleid mit der Geliebten des grossen Gottes erfasst; unter Verwünschungen auf die böse Schwiegermutter trippelte sie rührig hierhin und dorthin, um das gesamte Heer der anwohnenden Ameisen auf die Beine zu bringen. „Erbarmt euch, flinke Kinder der Allmutter Erde, eilt hurtig zu Hilfe der Geliebten des Amor, dem reizenden Mädchen!"

Da stürzte sich, Woge auf Woge, in Scharen heran das sechsfüssige Völkchen; eifrigst nahm jede ein Korn, so sichteten sie den ganzen Haufen nach Art und Art. Dann machten sie hurtig sich auf und davon. Spät abends kehrte Venus heiter gelaunt von dem Hochzeitsschmause heim, ganz mit schimmernden, balsamisch duftenden Rosenguirlanden umkränzt. Als sie die Arbeit mit wunderbarer Sorgfalt verrichtet sah, rief sie: „Nicht dein noch deiner Hände Werk ist das, Nichtswürdige, sondern dessen, der sich zu deinem und seinem eignen Unglück in dich verliebt hat!“ Dabei warf sie ihr ein Stück Schwarzbrot hin und begab sich zur Ruhe.

Unterdessen sass Amor ganz allein in einem entfernten Boudoir des Palastes hinter Schloss und Riegel, damit er nicht durch kecke Streiche seine Wunde verschlimmerte oder sich mit seinem Schatz ein Rendezvous gäbe. So verbrachte das Liebespaar unter einem und demselben Dach, und doch so weit getrennt, eine schreckliche Nacht. Beim ersten Schimmer der Morgenröte rief Venus Psyche und sprach zu ihr: „Siehst du dort den Hain, der sich längs dem Ufer des Flusses hinzieht? Schafe mit goldschimmerndem

Vliess weiden dort frei umher. Hole mir sofort eine Flocke von der kostbaren Wolle. Wie du sie dir verschaffst, ist deine Sache.“ Psyche erhob sich willig – freilich nicht in der Absicht, dem Befehl nachzukommen, sondern um sich von dem Felsen in den Fluss zu stürzen und so von ihren Leiden auszuruhen.

Doch horch, da klingt's vom Flusse wie sanfte Hirtenschalmei: es flüstert, vom säuselnden Odem der Winde leise bewegt, prophetisch das Schilf des Stromes: „Psyche, du Schmerzensreiche, entweihe meine heiligen Wasser nicht durch deinen Tod, hüte dich aber auch, dich der furchtbaren Herde jetzt zu nahen, wo sie, durch die Sonnenglut erhitzt, von Tollwut befallen zu werden und mit spitzem Horn, harter Stirn, ja giftigen Bissen die Menschen anzufallen pflegt. Warte vielmehr, bis am Nachmittag die Hitze sich legt und die Herde, sanft und zahm, in der lieblichen, vom Fluss aufsteigenden Kühle ruht; so lange kannst du dich unter der hohen Platane dort verstecken, die mit mir aus demselben Fluss trinkt.

Dann brauchst du die Goldflocken, die überall am Gebüsch des nahen Hains hängen geblieben sind, nur vom Laub abzuschütteln.“ So wies das liebe Schilf der armen Psyche den Weg zur Rettung; und diese sollte es nicht zu bereuen haben, dass sie dem guten Rat in allem folgte; denn nicht lange dauerte es, da hatte sie sich einen ganzen Schoss voll Goldflocken stibitzt. Die brachte sie Venus. Aber auch die glückliche Ausführung der zweiten, gefährlichen Arbeit trug ihr nicht die Anerkennung ihrer Herrin ein. Vielmehr zog

Venus die Stirn kraus und sprach höhnisch: „Ich weiss es ganz gut: auch hierbei hat wieder ein anderer seine Hände im Spiel gehabt. Nun will ich aber einmal eine besondere Probe anstellen, ob du denn wirklich gar so tapfer und klug bist. Siehst du da die ragende Spitze des jäh abstürzenden Felsens?

Aus schwarzer Quelle brausen finster die Wogen zu Thal; dort bewässern sie, in einer Mulde eingeschlossen, den finstern Sumpf und nähren der Hölle brandenden Strom. Nimm hier dies Fläschchen: in ihm schöpfe mir eiskaltes Nass aus der Tiefe des Sprudels und bring' es mir schleunigst herunter.“ Darauf reichte sie ihr unter Drohungen ein krystallenes Gefäss. So eilte denn Psyche auf die Höhe des Berges, in der Hoffnung, dort endlich ihr trauriges Dasein zu beschliessen. Schon war sie dem Gipfel nahe, als sie sich etwas Ungeheuerlichem gegenüber sah, das ihr Blut erstarren liess. Ein riesiges Felsgrat, dessen Geröll jede Erklimmung unmöglich machte, spie aus tiefem Krater schaurige Sprudel aus; die brausten den Abhang hinunter, traten dann in einen unterirdischen Felsspalt und stürzten unsichtbar in den nahen Thalkessel.

Von allen Seiten krochen aus den Klüften des Gesteins grausige Drachen hervor mit langgereckten Hälsen und funkelnden, lauernden Augen, deren Lider sich nie schlossen. Nun fing auch das Wasser selbst an, ihr den Zutritt zu wehren. „Hinweg!“ tönte es von Zeit zu Zeit aus seiner Tiefe; „Was thust du? pass' auf!“ „Was treibst du? gieb acht!“ „Flieh!“ „Es ist dein Tod!“ Psyche stand vor Schreck und

Verzweiflung wie versteinert. Aber die gütige Fee Vorsehung hielt ihre ernsten Augen über der armen, unschuldigen Seele. Denn plötzlich kam Jupiters königlicher Vogel auf breiten Fittigen herangeschwebt. Der war nämlich schon vor Zeiten dem Amor zu Diensten gewesen, als er unter dessen Führung den trojanischen Prinzen Ganymedes dem Jupiter als Mundschenken gen Himmel getragen hatte.

In Erinnerung dessen wollte er Amor auch jetzt in Ehrfurcht behilflich sein bei der schweren Not seiner Geliebten. So liess er sich denn aus den Wolkenregionen hernieder und schwebte dem Mädchen zu Häupten. „Du armes Menschenkind," sprach er, „das du zu hoffen wagst, von der verfemten Quelle auch nur einen Tropfen zu rauben oder auch nur sie zu berühren! Hast du denn nicht gehört, dass Jupiter selbst vor diesen Wassern der Hölle bebt und dass der Schwur, den ihr Menschen bei der Macht der Götter leistet, von diesen bei der Majestät des Höllenstroms geschworen wird? Gieb mir die Flasche!" Sofort packte er sie und eilte, sie zu füllen.

Er hielt sich mit seinen Ruderschwingen in ruhiger Schwebe und fing so mitten unter den zähnefletschenden, züngelnden Drachen das Wasser auf; zwar sträubte es sich und rief auch ihm drohend zu, er solle sich in acht nehmen, aber unter dem Vorwande, dass er es im Dienst und auf Befehl der Venus hole, wusste er sich die Erlaubnis zu verschaffen. Psyche nahm die gefüllte Flasche dankbar entgegen und brachte sie eilends der Venus. Aber auch hierdurch vermochte sie nicht die zürnende Göttin gnädig zu stimmen. Vielmehr rief diese mit bösem, noch viel grösseres Unheil verheissendem Lächeln sie zu sich und sprach: „Du bist, wie es scheint, eine böse Hexe, dass du solche Befehle so brav ausführen konntest. Aber noch einen Dienst, mein Püppchen, wirst du mir leisten müssen.

Nimm hier diese Büchse und gehe mit ihr gradeswegs zu Tod und Teufel. Dann überreiche sie der Proserpina mit den Worten: ›Venus lässt dich bitten, ihr ein Bischen von deiner Schönheitssalbe zu schicken, sei's auch nur so viel, als für einen Tag reicht. Denn ihre eigne Schönheit hat sie bei der Pflege ihres kranken Sohnes ganz und gar eingebüsst.‹ Aber kehre gefälligst unverzüglich zurück, denn ich muss mich damit schminken, weil ich das Theater im Olymp besuchen will.“ Nun merkte Psyche, dass es mit ihr zu Ende sei, da sie mit sehenden Augen in den Tod, zur Hölle und ihren Gespenstern wandern sollte. So bestieg sie denn unverzüglich einen riesenhohen Turm, um sich von ihm hinabzustürzen und so auf dem direktesten Weg ins Jenseits zu gelangen.

Da fing der Turm plötzlich zu sprechen an: „Wozu willst du dir, arme Kleine, das Leben nehmen, warum bei dieser deiner letzten Arbeit ohne weiteres verzagen? Denn wenn dein Odem aus dem Körper floh, wirst du freilich hinunterfahren, aber auf Nimmerwiederkehr. Höre mich an. Nicht fern von hier liegt Sparta, die berühmte Griechenstadt, und in deren Bezirk, tief versteckt, Taenarum, wo Dämpfe aus dem Höllenrachen emporsteigen. Durch gähnende Thore führt dorthin ein unwegsamer Pfad; hast du den aber erst hinter dir, so wirst du auf gradem Wege zum Palast des Fürsten der Finsternis gelangen. Doch darfst du den Weg durch das Dunkel nicht so mit leeren Händen antreten: nimm in jede Hand einen Honigkuchen und in den Mund zwei Heller. Wenn du dann ein gutes Stück des Todesweges gegangen bist, so wirst du einem lahmen, holzbepackten Esel mit einem gleichfalls lahmen Treiber begegnen.

Der wird dich bitten, ihm einige aus dem Bündel gefallene Holzscheite aufzuheben: höre nicht auf ihn, sondern gehe schweigend deines Wegs. Darauf wirst du bald zum Totenfluss kommen. Charon ist sein Ferge, auf einem Binsenkahn setzt er die Wanderer über, doch erst nach Empfang des Fährgeldes: denn auch das Sterben ist nicht umsonst, und Habsucht regiert bei den Toten wie bei den

Lebenden. Diesem schmutzigen Alten nun gieb als Fährlohn den einen der beiden Heller, lass ihn dir aber von ihm eigenhändig aus dem Munde nehmen. Bei der Überfahrt über den trägen Strom wird ein toter Greis herangeschwommen kommen, seine welken Hände emporheben und dich anflehen, ihn in den Kahn zu ziehen.

Lass dich nicht erweichen, denn Mitleid ist verboten. Ein Stückchen weiter am jenseitigen Ufer werden alte Weiber, die mit Weben beschäftigt sind, dich bitten, ihnen ein wenig dabei zu helfen. Doch auch dies darfst du nicht gewähren: denn diese und viele anderen Fallstricke legt dir Venus, damit du einen der beiden Honigkuchen aus der Hand fallen lassest. Das aber wäre, trotz der Wertlosigkeit des Gegenstandes, ein unersetzlicher Verlust, der dir die

Rückkehr zum Licht unmöglich machen würde. Denn auf der Schwelle der Totenhalle liegt, ewig wach zur Hut des öden Palastes des Höllenfürsten, ein riesiger Hund mit drei furchtbaren Köpfen: wie Donner tönt sein Geheul, vor dem selbst die Toten, denen er doch nichts mehr anhaben kann, erbeben. Stopfe ihm das Maul mit einem Kuchen, dann wirst du leicht an ihm vorbeikommen und bei Proserpina eintreten.

Sie wird dich gütig und liebevoll empfangen und dich auffordern, dich auf einen bequemen Stuhl zu setzen und ein leckeres Mahl zu dir zu nehmen. Statt dessen setze dich auf den Boden und bitte um Schwarzbrot zum Essen. Darauf melde ihr den Zweck deines Kommens. Hast du das Verlangte aus ihren Händen erhalten, so mache dich auf den

Rückweg, wirf dem wütigen Hund den zweiten Kuchen vor und gieb dem habsüchtigen Fergen den aufgesparten zweiten Heller, für den er dich wieder übersetzen wird. So wirst du auf demselben Wege wieder emporsteigen zur Welt des Lichts. Vor allen Dingen warne ich dich aber davor, die mitgebrachte Büchse neugierig zu öffnen und hineinzusehen: denn der kostbare Inhalt gehört nicht dir." So sprach prophetisch der Turm. Psyche eilte unverzüglich nach Tänarum und stieg mit Hellern und Kuchen den Weg zur Hölle hinab, ging schweigend an dem lahmen Eseltreiber vorüber, gab das Fährgeld dem Fergen, kümmerte sich nicht um das Flehen des heranschwimmenden Toten und die listigen Bitten der Weberinnen, schläferte den wütenden Hund durch den Kuchen ein und kam so zum Palast der

Proserpina, die sie gastlich aufnahm. Aber sie dankte für den weichen Pfühl und die reichen Speisen, setzte sich vielmehr demütig ihr zu Füssen und begnügte sich mit gewöhnlichem Brot. Darauf bestellte sie die Botschaft der Venus. Sofort bekam sie die geheimnisvolle Büchse verschlossen ausgeliefert und kehrte auf demselben Wege, wie befohlen, aus der Hölle ans Tageslicht zurück, das sie in Anbetung begrüsste. Trotz des Wunsches, ihren Dienst zu beendigen, wurde sie von sträflicher Neugierde ergriffen. „Ich wäre doch eine Thörin," sagte sie zu sich selbst, „wenn ich das himmlische Schönheitsmittel bloss trüge und nicht ein ganz klein wenig davon probierte, um so meinem Geliebten wieder zu gefallen." Mit diesen Worten öffnete sie die Büchse. Aber nichts Greifbares war darin, sondern tiefer

Schlaf, der leibhaftige Sohn des höllischen Dunkels. Kaum war der Deckel abgehoben, als der sich ihrer bemächtigte und dichte Nacht und Betäubung über alle ihre Glieder ausbreitete. Ohnmächtig brach sie auf dem Fleck zusammen und lag in seinem Bann unbeweglich, wie tot, da.

Siebentes Kapitel:

Psyches Erlösung

Unterdessen war Amors Wunde vernarbt, und er konnte es nicht mehr aushalten ohne seine Geliebte. So schlüpfte er aus einem hohen Fenster des Schlafzimmers, in dem er gefangen sass, hinaus; seine durch die lange Ruhe gekräftigten Flügel trugen ihn schnell zu seiner Psyche. Er scheuchte den Schlaf hinweg, steckte ihn wieder in die Büchse und weckte Psyche mit einem sanften Stich seines Pfeils. „Sieh," sprach er, „mein armes Mädchen, da wäre die Neugierde fast zum zweiten Mal dein Verderben gewesen! Jetzt aber entledige dich brav des Auftrags meiner Mutter; für alles andre lass mich sorgen." Mit diesen Worten flog er leicht beschwingt von dannen, während Psyche das Geschenk der Proserpina schnell zu Venus trug. Nun kam Amor, krank vor Liebesgram und bange vor seiner strengen Mutter, auf den Gedanken, seine alten Schliche einmal wieder zu probieren. Er schwang sich hoch zum Himmel empor, warf sich Vater Jupiter zu Füssen und trug ihm sein Anliegen vor. Da zog ihn Jupiter an sich, gab ihm einen herzhaften Kuss auf seine weiche Wange und sprach zu ihm: „Zwar hast du, mein Herr Sohn, mir nie die mir als dem höchsten Gott vertragsmässig zuerkannte

Ehrerbietung erwiesen, sondern mein Herz, nach dessen Willen die Elemente ihre Gesetze und die Gestirne ihre Bahnen einhalten, unaufhörlich verwundet und in den Staub irdischer Leidenschaft hinabgezogen, hast mich und meinen guten Namen durch kompromittierende Liebesabenteuer in Konflikt mit dem Strafgesetzbuch und der Polizeiordnung gebracht und meine himmlische Majestät in Feuer, Schlangen und Vögel, in die Tiere des Waldes und der Wiesen schimpflich verwandelt. Trotz alle dem will ich, milde wie ich bin und weil du unter meinen Augen aufgewachsen bist, alle deine Wünsche erfüllen; sei nur auf der Hut vor Rivalen in deiner Liebe und wisse, dass du dich mir für die erwiesene Gnade durch das allerschönste Mädchen, das jetzt auf Erden lebt, erkenntlich zu zeigen hast." Hierauf befahl er dem Merkur, sofort alle Götter zu einer Versammlung zu berufen und bekannt zu geben, dass der Fehlende mit einer Busse von 10 000 Goldstücken belegt werden würde. Da bekamen es die Götter mit der Angst und im Nu war der himmlische Sitzungssaal gefüllt. Hoheitsvoll hub Jupiter an vom erhabnen Pfühl: „Hochansehnliche und erlauchte Götterversammlung! Es ist euch allen bekannt, dass ich die Erziehung des jungen Mannes dort eigenhändig geleitet habe; so meine ich auch jetzt, wo er eben zum Jüngling herangereift ist, ihm bei seinem hitzigen Temperament einen Zügel anlegen zu sollen. Kein Tag vergeht, ohne dass er seinem guten Ruf durch Liebeleien und Verführungen schadet. Die Sache soll ein Ende haben: wir müssen dem lockeren Burschen ein für alle Male das

Handwerk legen, indem wir ihn in die Fesseln der Ehe schmieden. Mit dem Mädchen seiner Wahl hat er schon ein Verhältnis angeknüpft: er soll es als sein angetrautes Eheweib besitzen und in ihren Armen ewiger Liebe sich freuen.“ Und zu Venus gewandt fuhr er fort: „Sei nicht böse, Tochter, und fürchte nicht, eine Ehe deines Sohnes mit einer Sterblichen passe nicht in deine Familie von altem Adel und Stand. Ich werde dafür sorgen, dass die Ehe keine ungleiche, sondern eine nach allen Formen Rechtens gültige werde.“ Schnell liess er durch Merkur Psyche in den Himmel entführen. Dort reichte er ihr eine Schale Ambrosia und sprach: „Koste, Psyche, und sei unsterblich. Nie wird sich Amor von dir scheiden, ihr seid vermählt in alle Ewigkeit!“ Und nun ging's unverzüglich zu einem prächtigen Hochzeitsschmaus. Den

Ehrenplatz hatte der junge Ehemann, an ihn schmiegte sich Psyche. So sass auch Jupiter neben seiner Juno, dann folgten der Reihe nach die anderen Götter und Göttinnen. Nektar wurde dem Jupiter von seinem Mundschenken Ganymedes, den andern von Bacchus kredenzt; Vulkan war Koch des Mahls. Mit purpurglühenden Blumen schmückten die Horen die Tafel, balsamisch duftende Oele sprengten die Grazien, lieblich sangen die Musen und Phoebus schlug in die Saiten. Dann trat Venus auf und wand sich in lieblichen Tänzen zum Klange der Musik: die Musen sangen im Chore, der Satyr spielte die Flöte und Pan auf der Schalmei. So ward Psyche dem Amor feierlich angetraut. Sie genas einer Tochter; die heisst „Lust“.